Tha an leabhar seo le:

Dha tìgearan anns gach àite
— P.B.

A' chiad fhoillseachadh an Ameireaga ann an 2013 le Little, Brown & Co
A' chiad fhoillseachadh ann am Breatainn ann an 2013 le Leabhraichean Chloinne Macmillan
Chaidh an t-eagran seo fhoillseachadh an toiseach ann am Breatainn ann an 2017 le Two Hoots
roinn de dh'fhoillsichearan Pan Macmillan, 20 New Wharf Road, Lunnainn N1 9RR.

www.panmacmillan.com

1 3 5 7 9 8 6 4 2

© an teacsa agus na dealbhan le Peter Brown 2013

Tha Peter Brown a' dleasadh a chòraichean a bhith air
an aithneachadh mar ùghdar agus neach-deilbh na h-obrach seo.

A' chiad fhoillseachadh sa Ghàidhlig 2017 le Acair Earranta
An Tosgan, Rathad Shiophoirt, Steòrnabhagh, Eilean Leòdhais HS1 2SD

info@acairbooks.com   www.acairbooks.com

© an teacsa Ghàidhlig 2017 Acair
An tionndadh Gàidhlig Norma NicLeòid
An dealbhachadh sa Ghàidhlig Mairead Anna NicLeòid

Tha Acair a' faighinn taic bho Bhòrd na Gàidhlig.

Fhuair Urras Leabhraichean na h-Alba taic airgid bho Bhòrd na Gàidhlig
le foillseachadh nan leabhraichean Gàidhlig Bookbug.

Gheibhear clàr catalog CIP airson an leabhair seo ann an Leabharlann Bhreatainn.

LAGE/ISBN: 978-0-86152-435-8

Clò-bhuailte ann an Sìona

MGR TÌGEAR A' DOL FIADHAICH

peter brown

Bha a h-uile duine gu math toilichte
le mar a bha cùisean.

A h-uile duine ach Mgr Tìgear.

Bha Mgr Tìgear sàraichte seach gun robh
aige ri bhith cho ceart.

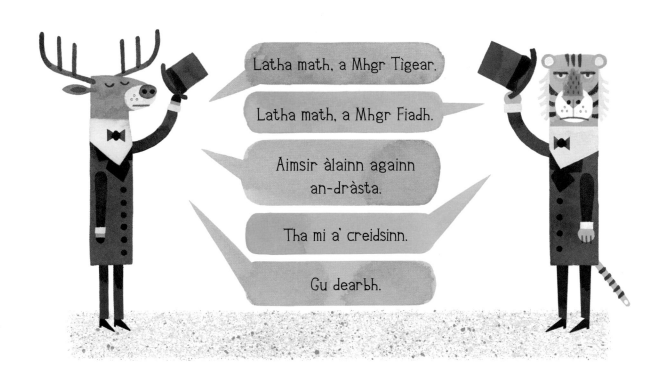

Bha e ag iarraidh saorsainn.

Bha e ag iarraidh spòrs.

Bha e ag iarraidh … a bhith fiadhaich.

Agus an uair sin aon latha

bha smaoin

glè fhiadhaich

aig Mgr Tigear.

Dh'fhairich e na b' fheàrr mu thràth.

Bha Mgr Tìgear a' dol na b' fhiadhaich
agus na b' fhiadhaich gach latha.

Cha robh fios aig a charaidean gu dè a chanadh iad.

Agus an uair sin chaidh Mgr Tigear

rud beag ro fhada.

Bha a charaidean a' call am foighidinn.

Mar sin ruith Mgr Tìgear
air falbh . . .

. . . dhan uaigneas . . .

. . . far an deach e cho fiadhaich 's a ghabhadh!

Ach bha Mgr Tìgear aonaranach.

Bha e ag ionndrainn a charaidean.

Bha e ag ionndrainn a' bhaile mhòir.

Bha e ag ionndrainn a dhachaigh.

Mar sin, rinn Mgr Tìgear an-àirde inntinn gun tilleadh e . . .

. . . agus fhuair e gun robh cùisean

a' tòiseachadh ag atharrachadh.

A-nis bha saorsainn aig Mgr Tìgear a bhith na dhòigh fhèin.

Agus bha càch ag iarraidh sin cuideachd.

A' Chrìoch

Mun Leabhar Seo

Chaidh na dealbhan san leabhar seo a dhèanamh le dubh Ìnnseanach, gun ola, le guais, agus peansail air pàipear, agus an uair sin an dèanamh an-àirde agus an dath air pàipear agus an didseatadh.

Chaidh an leabhar seo a dheasachadh le Alvina Ling agus a dhealbhachadh le Patti Ann Harris agus Peter Brown. Chaidh am prìomh riochdachadh a stiùireadh le Jonathan Lopes agus Charlotte Veaney agus bha Barbara Bakowski na neach-deasachaidh.